LECCIÓN POÉTICA

Leandro Fernández de Moratín

On sera ridicule, et je n'oserai rire?

BOILEAU, Satire 9.

Nota de Moratín, 1782

Cuanto se censura en esta obra va apoyado en la autoridad de los mejores maestros y en la práctica de los buenos poetas de nuestra nación y de las extrañas. Si recayese nuestra crítica sobre alguno de los poetas clásicos, nadie crea que aspiramos a oscurecerlos; antes bien, desearíamos que se hiciese el justo aprecio de sus obras para que, no admirándolas ciegamente, conozca la estudiosa juventud los errores que hay en ellas y sepa distinguirlos de tantos aciertos que adquirieron a sus autores la estimación pública. Para los menos instruidos sería necesario llenar las márgenes de citas que ocuparían tanto como toda la obra; por evitar esto se notarán solamente los autores de algunos versos que, por defectuosos en el pensamiento o locución, se han copiado a la letra.

Esta sátira, que publicó la Academia Española en el año 1782 y reimprimió después en la colección de obras premiadas, ha sido posteriormente corregida por el autor para darla de nuevo a la prensa.

Divídese en ella la poesía en sus tres géneros principales: lírico, épico y dramático, prescindiendo de los demás en que éstos pueden subdividirse. Así logró el autor hacer más metódico y perceptible el plan de su obra, reduciéndole a lo que el poeta canta en la exaltación de su fantasía y de sus afectos; a lo que refiere, celebrando los héroes y los grandes sucesos que le dicta la historia; y a lo que enseña, poniendo en el teatro una imagen de la vida, copiando los vicios ridículos o terribles, para inspirar en el ánimo el amor a la verdad y a la virtud.

En la lírica, después de hablar de los argumentos triviales y de ningún interés, censura los vicios de estilo, las metáforas violentas, la exageración, la redundancia, los conceptos falsos, los juegos de palabras, los equívocos y retruécanos. Culpa la perjudicial manía de componer de repente, y la de solicitar el aplauso del vulgo con bufonadas y chistes groseros que desacreditan a su autor y a quien los celebra. Desaprueba en los poetas antiguos el uso destemplado de voces y frases latinas, de que resulta un estilo afectado y pedantesco, aludiendo particularmente a las obras de Góngora, Villamediana y Silveira; y en los modernos la mezcla absurda de los arcaísmos con palabras, acepciones y locuciones francesas que, alterando la sintaxis de nuestro idioma, destruyen por consiguiente su pureza y su peculiar elegancia.

En la épica se hace cargo de dos defectos muy considerables: falta y exceso de ficción. Del primero resultan epopeyas lánguidas, o más bien historias en verso, sin artificio alguno poético, y por consecuencia sin interés ni deleite. Por el segundo, la fábula épica se confunde en una multitud de incidentes episódicos que alteran la unidad, turban el progreso del poema, y cuando en ellos se abusa de lo maravilloso, hacen su narración increíble. Por las indicaciones que da el autor en esta materia se infiere que consideró como faltos de invención los poemas de La Araucana de Ercilla, la Mejicana de

Gabriel Laso, la Nueva Méjico de Villagrán, y la Austríada de Juan Rufo; y de imperfectos, por el extremo contrario, el Bernardo de Balbuena y Las lágrimas de Angélica de Luis Barahona de Soto. Extiende su crítica a las menudencias pueriles que degradan la sublimidad de la epopeya, a las imágenes repugnantes en las descripciones de las batallas, a los extravíos de la fantasía y a la inoportuna erudición. Reprueba los gigantes, vestiglos, dragones, estatuas que hablan (y en esto se censuró el autor a sí mismo), carros aéreos, globos y espejos encantados, y otras invenciones derivadas de los libros caballerescos, que ya no sufre la filosofía de nuestra edad y exceden los límites de toda licencia poética.

En la dramática acusa el autor a nuestros antiguos poetas de haber confundido los dos géneros trágico y cómico, de la inobservancia de las unidades, de la ignorancia de usos y costumbres, de haber aplicado al teatro los argumentos épicos, de no haber dado a sus fábulas un objeto moral o de instrucción, adulando los vicios groseros del vulgo o recomendando los de otra clase más elevada como acciones positivamente laudables. No olvida tampoco las impertinentes chocarrerías de los llamados graciosos, el culteranismo de damas y galanes, los puñales fatídicos, apariciones de espectros, princesas desfloradas, rondas, escondites, cuchilladas, falso pundonor, lances (mil y mil veces repetidos) de la cinta, de la flor, del retrato, que dan ocasión a tan alambicados conceptos; y el voluntario y trivial desenlace con que finalizan aquellas enmarañadas fábulas. Las comedias de magia, de santos y diablos, y las de asuntos y personajes mitológicos (último exceso del error), merecieron también la desaprobación del poeta.

Al leer la presente composición, debe considerarse que la Academia sólo pidió a los aspirantes al premio una sátira, no un riguroso poema didáctico. Juan de la Cueva escribió en verso (con poco método, redundancia, desaliño, y no segura crítica) una compilación de preceptos relativos al arte de componer en poesía. Los franceses tienen en su lengua la excelente poética de Boileau; nos falta en España un poema semejante, y mientras no aparece, sólo la Lección poética puede suplirle.

Sátira contra los vicios introducidos en la poesía castellana

Apenas, Fabio, lo que dices creo,
y leyendo tu carta cada día,
más me confunde cuanto más la leo.
¿Piensas que esto que llaman poesía,
cuyos primores se encarecen tanto,
es cosa de juguete o fruslería?
¿O que puede adquirirse el numen santo
del dios de Delo a modo de escalada,
o por combinación o por encanto?
Si en las escuelas no aprendiste nada,
si en poder de aquel dómine pedante
tu banda siempre fue la desgraciada,
¿Por qué seguir procuras adelante?
Un arado, una azada, un escardillo
para quien eres tú fuera bastante.
De cólera te pones amarillo;
las verdades te amargan, ya lo advierto;
no quieres consultor franco y sencillo.
Pues hablemos en paz, que es desacierto
desengañar al que el error desea:
vaya por donde va, derecho o tuerto.
Dígote, en fin, que es admirable idea
en tu edad cana acariciar las Musas,
y trepar a la fuente pegasea.
Pues si el aceite y la labor no excusas
y prosigues intrépido y constante,
en ti sus gracias lloverán infusas.
Los conceptillos te andarán delante,
versos arrojarás a borbotones,
tendrás en el tintero el consonante.

¡Qué romances harás, y qué canciones!
¡Y qué asuntos tan lindos me prometo
que para tus opúsculos dispones!
¡Qué gracioso ha de estar, y qué discreto,
un soneto al bostezo de Belisa,
al resbalón de Inés otro soneto!
Una dama tendrás, cosa es precisa;
bellísima ha de ser, no tiene quite,
y llamarásla Filis o Marfisa.
Dila que es nieve cuando más te irrite:
nieve que todo el corazón te abrasa,
y el fuego de tu amor no la derrite.
Y si tal vez en el afecto escasa,
pronuncia con desdén sonoro hielo[1];
breve disgusto que incomoda y pasa.
Dirás que el encendido Mongibelo
de tu pecho, entre llamas y cenizas,
corusca crepitante y llega al cielo.
Si tu pasión amante solemnizas,
no olvides redes, lazos y prisiones,
en donde voluntario te esclavizas.
Pues si el cabello a celebrar te pones,
más que los rayos de Titán hermoso,
¡qué mérito hallarás, qué perfecciones!
Dila que el alma, ajena de reposo,
nada golfos de luz ardiente y pura,
en crespa tempestad del oro undoso[2].
Llama a su frente espléndida llanura,
corvo luto sus cejas, o süaves
arcos, que flecha te clavaron dura.
Cuando las luces de su Olimpo alabes,
apura, por tu vida, en el asunto
las travesuras métricas que sabes.
Di que su cielo, del cenit trasunto,
dos soles ostentó por darte enojos,
que si se ponen, quedarás difunto.
Y al aumentar tu vida sus despojos,
se lava el corazón; y el agua arroja

por los tersos balcones de los ojos3.
Y tu amor, que en el llanto se remoja,
en él se anega, y sufre inusitados
males muriendo, y líquida congoja.
Di que es pensil su bulto de mezclados
clavel y azahar, y abeja revolante
tú, que libas sus cálices pintados.
La boca celestial, que enciende amante
relámpagos de risa carmesíes4,
alto asunto al poeta que la cante,
hará que en su alabanza desvaríes,
llamándola de amor ponzoña breve,
o madreperla hermosa de rubíes.
Al pecho, inquieta desazón de nieve,
Blanco, porque Cupido el blanco puso
en él, y en blanco te dejó el aleve.
Y di que venga un literato al uso,
con su Luzán y el viejo estagirita,
llamándote ridículo y confuso,
Que yo sabré con férula erudita
hacerle que enmudezca arrepentido,
por sectario de escuela tan maldita.
Así también hubiéramos vencido
el venusto rigor de esa tirana:
tigre de rosa y alhelí vestido.
Mas quiero suponer que la inhumana
rasgó tus ovillejos y canciones,
y todas las tiró por la ventana.
No importa, así va bien. Luego compones
diez o doce lloronas elegías,
llenándola de oprobios y baldones.
No te puedo prestar ningunas mías,
pero tres me dará cierto poeta,
largas, eternas, y sin arte y frías.
Dirás que tanto la pasión te aprieta
que mueres infeliz y desdeñado.
¡Inexorable amor! ¡Fatal saeta!
El cuerpo dejarás al verde prado,
el alma al cielo de tu dama hermosa,
y serás en su olvido sepultado.

Y en lugar de escribir: «Aquí reposa
Fabio, que se murió de mal de amores,
culpa de una muchacha melindrosa»,
Detendrás a las ninfas y pastores
para que una razón prolija lean
de todas tus angustias y dolores.
Bien que los sabios, si adquirir desean
fama y nombre inmortal, no solamente
en un sujeto su labor emplean.
Olvida, amigo, esa pasión doliente;
hartas quejas oyó, que murmuraba
con lengua de cristal pícara fuente.
No siempre el alma ha de gemir esclava.
Déjate ya de celos y rigores,
y el grave empeño que elegiste acaba;
Que ya te ofrecen mil aparadores,
trasformadas las salas en bodega,
espíritus, aceites y licores.
Suena algazara; cada cual despega
un frasco y otro; la embriagada gente
empieza a improvisar... ¿Y quién se niega?
¿Qué vale componer divinamente
con largo estudio en retirada estancia,
si delirar no sabes de repente?
Cruzan las copas, y entre la abundancia
de los brindis alegres de Lieo,
se espera de tu musa la elegancia.
Mira a Camilo, desgreñado y feo,
ronca la voz, la ropa desceñida,
lleno de vino y de furor pimpleo,
cómo anima el festín, y la avenida
de copias suyas con estruendo suena,
de todos los oyentes aplaudida.
La quintilla acabó, los vasos llena
fiel asistente de licor precioso;
vuelve a beber, y a desatar la vena.
«Bomba, bomba», repite el bullicioso
concurso, y cuatro décimas vomita
con pie forzado el bacanal furioso.
Y qué, ¿tú callarás? ¿Nada te excita

a mostrar de tu numen la aflüencia,
cuando la turba improvisante grita?
¿Temes? Vano temor. La competencia
no te desmaye, y las profundas tazas
desocupa y escurre con frecuencia.
Ya te miro suspenso, ya adelgazas
el ingenio, y buscando consonante,
en hallarle adecuado te embarazas.
¿A qué fin? Con medir en un instante,
aunque no digan nada, cuatro versos
mezclados entre sí, será bastante.
¿Juzgas acaso que saldrán diversos
de los que dieron a Camilo fama,
o más duros tal vez, o más perversos?
No porque alguno Píndaro le llama,
oyendo su incesante tarabilla,
pienses que numen superior le inflama.
Los muchachos le siguen en cuadrilla,
pues su musa pedestre y juguetona
es entretenimiento de la villa.
Si arrebatarle quieres la corona,
y hacer que calle, escucha mis ideas,
y estimarás al doble tu persona.
Chocarrero y bufón quiero que seas,
cantor de cascabel y de botarga;
verás que aplauso en Avapiés granjea.
Con tal autoridad, luego descarga
retruécanos, equívocos, bajezas,
y en ellas mezclarás sátira amarga.
Refranes usarás y sutilezas
en tus versillos, bufonadas frías,
y mil profanaciones y torpezas.
Y esta compilación de boberías
al público darás, de tomo en tomo,
que ansioso comprará lo que le envías.
Porque el ingenio más agreste y romo
con obras de esta especie se recrea,
como tú con las gracias de Jeromo.
Mas si tu orgullo obscurecer desea
al lírico famoso venusino,

con quien tu preceptista me marea,
Aparta de sus huellas el camino,
huye su estilo atado de pedante,
que inimitable llaman y divino.
Canta en idioma enfático-crispante
de las deidades chismes celebrados,
sin perdonar la barba del Tonante.
Pinta en Fenicia los alegres prados,
la niña de Agenor y sus doncellas
los nítidos cabellos destrenzados5,
Que, dando flores al abril sus huellas,
la orilla que de líquido circunda
Argento Doris, van pisando bellas;
Al motor de la máquina rotunda
que enamorado pace entre el armento
la yerba, de que opaca selva abunda.
La ninfa al verle, ajena de espavento,
orna los cuernos y la espalda preme,
sin recelar lascivo tradimento.
Ya los recibe el mar; la virgen treme,
y al juvenco los álgidos, undosos
piélagos hace duro amor que reme.
Ella, los astros ambos lacrimosos,
Reciprocando aspectos cintilantes,6
prorumpe en ululatos dolorosos;
Cuyas quejas en torno redundantes,
De flébiles ancilas repetidas,7
los antros duplicaron circunstantes.
Mas Creta ofrece playas extendidas,
prónuba al dulce amplexo apetecido,
pudicicias inermes ya vencidas.
Huye gozoso amor, y agradecido
Jove fecunda sóbole promete,
que imperio ha de regir muy extendido.
Apolo, antojadizo mozalbete,
asunto digno de tu canto sea,
cuando tras Dafne intrépido arremete.
La locura también faetontea
celebrarás, y el piélago combusto
que en flagrantes incendios centellea.

Y muera de livor el zoilo adusto,
al notar de estas obras los primores,
la dicción bella, el delicado gusto;
Al ver llamar estrellas a las flores,
líquido plectro a la risueña fuente,
y a los jilgueros prados voladores;
Vegetal esmeralda floreciente
al fresco valle, y al undoso río
sierpe sonora de cristal luciente.
Pero si has de llamarte alumno mío,
despreciando de Laso la cultura,
con ceño magistral y agrio desvío,
habla erizada jerigonza oscura,
y en gálica sintaxis mezcla voces
de añeja y desusada catadura,
copiando de las obras que conoces
aquella molestísima reata
de frases y metáforas feroces.
Con ella se confunde y desbarata
la hispana lengua, rica y elegante,
y a Benengeli el más cerril maltrata.
Cualquiera escritorcillo petulante
licencia tiene, sin saber el nuestro,
De inventar un idioma a su talante,
que él solo entiende; y ensartando diestro
sílabas, ya es autor y gran poeta,
y de alumnos estúpido maestro.

La poesía épica

Mas ya te llama el son de la trompeta,
de nuestros Cides los heroicos hechos,
tanta nación a su valor sujeta.
Rompe, amigo, los vínculos estrechos,
las duras reglas atropella osado,
vencidos sus estorbos y deshechos.
Y el numen lleno de furor sagrado,
«canto, dirás, el héroe furibundo,
a dominar imperios enseñado,
que, dando ley al báratro profundo
su fuerte brazo, sujetó invencible
la dilatada redondez del mundo».
Principio tan altísimo y horrible,
proposición tan hueca y espantosa,
que deje de agradar es imposible.
No como aquel que dijo: «Canta, diosa,
La cólera de Aquiles de Peleo,
a infinitos aquivos dolorosa».
Porque el estilo inflado y giganteo,
dejando a los lectores atronados,
causa mudo estupor, llena el deseo.
Dos caminos te ofrezco, practicados
ya por algunos admirablemente:
escoge, que los dos son extremados.
Sigue la historia religiosamente,
y conociendo a la verdad por guía,
cosa no has de decir que ella no cuente.
No finjas, no, que es grande picardía;
refiere sin doblez lo que ha pasado,
con nimiedad escrupulosa y pía.
Y en todo cuanto escribas, ten cuidado
de no olvidar las fechas y las datas;
que así lo debe hacer un hombre honrado.
Si el canto frigidísimo rematas,
despediraste del lector prudente
que te sufrió, con expresiones gratas,
para que de tu libro se contente
y guarde el fin del lánguido suceso,

de canto en canto, el mísero paciente.
Mas no imagines, Fabio, que por eso
te aplaudirán tus versos desdichados;
crítica sufrirán, zurra y proceso.
Dirán que los asuntos adornados
con episodios y ficción divina
se ven de tu epopeya desterrados;
que es una historia insípida y mezquina,
sin interés, sin fábula, sin arte;
que el menos entendido la abomina.
Pero yo sé un ardid para salvarte,
dejándolos a todos aturdidos;
oye, que el nuevo plan voy a explicarte.
Después que entre centellas y estampidos
feroz descargues tempestad sonora,
y anuncies hechos ciertos o fingidos,
exagera el volcán que te devora,
que ceñirse del alma no consiente8,
e invoca a una deidad tu protectora.
Luego amontonarás confusamente
cuanto pueda hacinar tu fantasía,
en concebir delirios eminente.
Botánica, blasón, cosmogonía,
náutica, bellas artes, oratoria,
y toda la gentil mitología;
sacra, profana, universal historia,
y en esto, amigo, no andarás escaso,
fatigando al lector vista y memoria.
Batallas pintarás a cada paso
entre despechadísimos guerreros
que jamás de la vida hicieron caso.
Mandobles ha de haber y golpes fieros,
tripas colgando, sesos palpitantes,
y muchos derrengados caballeros;
desaforadas mazas de gigantes,
deshechas puentes, armas encantadas,
amazonas bellísimas errantes.
A espuertas verterás, a carretadas,
descripciones de todo lo criado,
inútiles, continuas y pesadas.

¡Oh, cómo espero que mi alumno amado
ha de lucir el singular talento,
Febo, que a tu pesar ha cultivado!
¡Cuánta aventura, y cuánto encantamento!
¡Cuántos enamorados campeones!
¡Cuánto jardín y alcázar opulento!
Pondrás los episodios a millones,
y el héroe miserable no parece,
que no le encontrarán ni con hurones.
Pero, ¿cómo ha de ser, si le acontece
que un mago en una nube le arrebata,
y con él por los aires desparece?
En un valle obscurísimo remata
el viejo endemoniado su carrera,
y al huésped a cumplidos le maltrata.
Baja a una gruta inhabitable y fiera,
sepulcro de los tiempos que han pasado[9],
y le entretiene allí, quiera o no quiera.
¡Cuánta vasija y unto preparado
tiene! ¡Cuánto ingrediente venenoso,
que al triste que lo ve deja admirado!
Allí le enseña en un artificioso
cristal la descendencia dilatada
que el nombre suyo ha de ilustrar famoso.
Y mira una ficción muy adecuada;
pues aunque algún censor la culparía
de impertinente, absurda y dislocada,
siempre logras con esta fechoría
el linaje ensalzar de tu Mecenas,
que no te faltará, por vida mía.
Y si tales patrañas son ajenas
de su alcurnia, ¿qué importa? Si conviene,
con Héctor el troyano la encadenas;
porque un poeta facultades tiene
sin límite ni cotos, escribiendo
todo cuanto a la pluma se le viene.
Pero ya me parece que estoy viendo
sobre un carro de fuego remontados
los dos amigos que la van corriendo.
¡Válame Dios, y qué regocijados,

gentes, ciudades, reinos populosos
examinan, y climas ignorados!
De Libia los desiertos arenosos,
el hondo mar que hinchado se alborota,
montes nevados, prados olorosos.
De la septentrional playa remota,
al cabo que dobló Vasco de Gama,
el sabio Tragasmón registra y nota.
Vuelve después donde la ardiente llama
del sol se oculta, al expirar el día,
dándole Tetis hospedaje y cama.
Y en su precipitada correría
al huésped volador hace patente
cuanto de Europa el ancho mar desvía.
Muda el auriga hacia el rosado oriente
el rumbo, y a los reinos de la aurora
los lleva el carro de piropo ardiente.
Pero de un criticón me acuerdo ahora,
grave, tenaz, ridículo, pedante,
que vierte hiel su lengua detractora.
¡Cómo salta, de cólera al instante
con estas invenciones! ¡Cual blasfema!
Si se llega a irritar, no hay quien le aguante.
No quiere que haya encantos ¡linda tema!
Ni vestiglos, ni estatuas habladoras,
y el libro en que lo halló, desgarra y quema.
Si al héroe por acaso le enamoras
de una beldad que yace encastillada,
guardándola un dragón a todas horas,
y el caballero de una cuchillada
al escamoso culebrón degüella,
mi crítico infernal luego se enfada.
Ni hay que decirle que la tal doncella
es hermana del sabio Malambruno,
el cual su doncellez así atropella;
que a dura cárcel, soledad y ayuno
por un chisme no más la ha reducido,
sin que sepa sus lástimas ninguno.
No, señor, nada basta; enfurecido,
contra el mísero autor se despepita,

y en nada el inocente le ha ofendido.
«¡Abundancia infeliz! ¡Vena maldita!»
Dice en horrenda voz, «que impetuosa
como turbio raudal se precipita.
»El gusto y la razón, en verso, en prosa,
la invención rectifiquen; que sin esto
jamás se acertará ninguna cosa.

»Mi patria llora el ejemplar funesto:
su teatro en errores sepultado,
a la verdad y a la belleza opuesto,
»muestra lo que produce el estrago
talento que sin luz se descamina,
de la docta elección abandonado.
»Nuevo rumbo siguió, nueva doctrina
la hispana musa, y desdeñó arrogante
la humilde sencillez griega y latina.
»Dio a la comedia estilo retumbante,
figurado, sutil o tenebroso,
de la debida propiedad distante.
»Halló en la escena el vulgo clamoroso
pintadas y aplaudidas las acciones
a que le inclina su vivir vicioso.
»Y en vez de dar un freno a sus pasiones
en la enseñanza de verdades puras,
mezcladas entre honestas invenciones,
»Oye sólo mentiras y locuras,
celebra y paga enormes desaciertos,
y de juicio y moral se queda a oscuras.
»¡Qué es ver saltar entre hacinados muertos,
hecha la escena campo de batalla,
a un paladín, enderezando tuertos!
»¡Qué es ver, cubierta de loriga y malla,
blandir el asta a una mujer guerrera,
y hacer estragos en la infiel canalla!
»A cada instante hay duelos y quimeras,
sueños terribles que se ven cumplidos,
fatídico puñal, fantasma fiera,
»Desfloradas princesas, aturdidos
enamorados, ronda, galanteo,
jardín, escala y celos repetidos;
»Esclava fiel, astuta en el empleo
de enredar una trama delincuente,
y conducir amantes al careo.
»Allí se ven salir confusamente
damas, emperadores, cardenales,

y algún bufón pesado e insolente.
»Y aunque son a su estado desiguales,
con todos trata, le celebran todos,
y se mezcla en asuntos principales.
»Allí se ven nuestros abuelos godos,
sus costumbres, su heroica bizarría,
desfiguradas de diversos modos.
»Todo arrogancia y falsa valentía:
todos jaques, ninguno caballero,
como mi patria los miró algún día.
»No es más que un mentecato pendenciero
el gran Cortés, y el hijo de Jimena
un baladrón de charpas y jifero.
»Cinco siglos y más, y una docena
de acciones junta el numen ignorante
que a tanto delirar se desenfrena.
»Ya veis los muros de Florencia o Gante;
ya el son del pito los trasforma al punto
en los desiertos que corona Atlante.
»Luego aparece amontonado y junto
(así lo quiere mágico embolismo)
Dublín y Atenas, Menfis y Sagunto.
»Pero ¿qué mucho, si en el drama mismo
se ven patentes las eternas penas
y el ignorado centro del abismo,
»las llamas, pinchos, garfios y cadenas,
repitiéndose mísero lamento
por las estancias de dolores llenas?
»¡Oh, qué abominación!» dice el sangriento
censor injusto; y dando manotadas,
se levanta furioso del asiento.
Estas críticas, Fabio, son dictadas
por envidia y no más, si bien lo miras,
y no deben de ti ser escuchadas.
Las que repasas sin cesar y admiras
insignes obras, a pesar de ingratos,
te llevarán al término a que aspiras.
Más te prometo: los alegres ratos
que te visite el apolíneo coro
no los has de vender nada baratos.

Pues, aunque el tema popular no ignoro,
de que Cintio corona a los poetas
de verde lauro, y no de perlas y oro,
las más descabelladas e indiscretas
farsas te llenarán de patacones
los desollados cofres y gavetas.
Sí, Fabio, las obrillas que dispones
las hemos de vender todas al peso;
y algo me tocará por mis lecciones.
Tu vena redundante hasta el exceso,
que no conoce reglas ni camino,
es lo que se requiere para eso.
Suelta toda la presa del molino:
haz comedias sin número, te ruego,
y vaya en cada frase un desatino.
Escribe dos, y luego siete, y luego
imprime quince, y trama diez y nueve,
y a tu musa venal no des sosiego.
Harás que horrendos fabulones lleve
cada comedia y casos prodigiosos,
que así el humano corazón se mueve.
Salga el carro del sol, y los fogosos
Flegón y Etonte; salga Citerca
mayando en estribillos enfadosos.
Diversa acción cada jornada sea
con su galán, su dama, y un criado
que en dislates insípidos se emplea.
Echa vanos escrúpulos a un lado,
llena de anacronismos y mentiras
el suceso que nadie habrá ignorado.
Y si a agradar al auditorio aspiras,
y que sonando alegres risotadas,
él te celebre cuando tú deliras,
Del muro arrojen a las estacadas
moros de paja, si el asalto ordenas,
y en ellos el gracioso dé lanzadas.
Si del todo la pluma desenfrenas,
date a la magia, forja encantamentos,
y salgan los diablillos a docenas.
Aquí un palacio vuele por los vientos,

allí un vejete se transforme en rana;
todo asombro ha de ser, todo portentos.
De la historia oriental, griega y romana
copiarás los varones celebrados,
que el pueblo admitirá de buena gana.
Héctor, Ciro, Catón, y los soldados
fuertes de Aníbal, con su jefe adusto,
todos los pintarás enamorados.
Verás qué diversión, verás qué gusto,
cuando lloren de Fátima el desvío
Tarif, o Muza, o Alcamán robusto,
que ciegos de amoroso desvarío,
la llaman en octavas y en tercetos
mi bien, mi vida, encanto dulce mío.
Tus galanes serán todos discretos;
y la dama, no menos bachillera
metáforas derrame y epitetos.
¡Qué gracia verla hablar como si fuera
un doctor in utroque! Ciertamente
que esto es un pasmo, es una borrachera.
Ni busques lo moral y lo decente
para tus dramas, ni tras ello sudes;
que allí todo se pasa y se consiente.
Todo se desfigura, no lo dudes:
allí es heroicidad la altanería,
y las debilidades son virtudes.
Y lo que Poncio alguna vez decía,
de que el pudor se ofende y el recato
pero ¡qué! si es aquélla su manía.
Mil lances ha de haber por un retrato.
Una banda, una joya, un ramillete:
con lo de infiel, traidor, aleve, ingrato.
La dama ha de esconder en su retrete
a dos o tres galanes rondadores,
preciado cada cual de matasiete.
Riñen, y salta por los corredores
el uno de ellos al jardín vecino,
y encuentra allí peligros no menores.
El padre, oyendo cuchilladas, vino;
y aunque es un tanto cuanto malicioso,

traga el enredo que Chichón previno.
Pero un primo frenético y celoso
lo vuelve a trabucar de tal manera
que el viejo está de cólera furioso.
Salen todos los yernos allí fuera,
la dama escoge el suyo, y la segunda
se casa de rondón con un cualquiera.
¡Oh vena sin igual, rara y fecunda,
la que tales primores recopila,
y en lances tan recónditos abunda!
Esto debes hacer, esto se estila;
y váyase Terencio a los orates,
con Baquis, Menedemo y Antifila;
que por él y otros pocos botarates,
cobra la osada juventud espanto,
y se malogran furibundos vates.
Tú, dichoso mortal, prepara en tanto,
para ser celebérrimo poeta,
el numen y las sílabas al canto.
La cítara sonante, la trompeta,
y la cómica máscara bufona,
llena de variedad y chanzoneta,
te alzarán a la cumbre de Helicona,
donde cercado de las nueve hermanas
luces despide el hijo de Latona.
Mas cuando con sus manos soberanas
de laurel te corone, ten sabido,
Fabio, a quien debes el honor que ganas,
y agradécelo a mí, que te he instruido.

*** Variantes de la edición príncipe (1782) de la Lección Poética***

(Estas variantes fueron indicadas por John Dowling en la citada edición crítica.)

Los números y las letras se refieren a los tercetos y versos de la versión definitiva que publicó Moratín en sus Obras dramáticas y líricas, París, Augusto Bobée, 1825, III, 304-329, y que sirve de base para esta edición.

1b:

> Y aunque tu carta persuadirme intente...

Entre tercetos 1 y 2:

> ¿Qué estrella, di, maligna e inclemente,
> así te inclina a dirigir las huellas
> al sacro Pindo y a la Aonia fuente,
> que todos los estorbos atropellas,
> y llena de furor la fantasía,
> las Musas buscas a despecho de ellas?

2a:

> ¿Juzgas...

3a-c:

> ¿Que se puede adquirir el numen santo
> del dios de Delo sin estudio y arte
> por conjuro de bruja o por encanto?

Entre tercetos 3 y 4:

> ¡Ay, Fabio, quién podrá desengañarte!
> ¿Quién el hombre será caritativo
> que te concluya y de tu error te aparte?
> No quiero que en el tiempo sucesivo,
> cuando conozcas tu locura, digas

que no fui de tus males compasivo.
Y pues tú me comprimes y me obligas
a responderte, escúchame primero
que el empezado desacierto sigas.
Que aunque sepa gastar un año entero
en convertir tu vena pecadora,
pues ya lo resolví, proseguir quiero.
Dime, ¿quién pudo persuadirte ahora
a seguir la carrera comenzada,
volviendo al mar la nave nadadora?

5a:

¿Para qué proseguistes [sic] adelante?

5c:

Para tu comprensión era bastante.

6a:

coraje...

6b-c:

Lo sé, y enfurecido me maldices.
¿Pero cómo ha de ser? Yo he de decillo

Los tercetos 7 y 8 sustituyen 13 tercetos de A:

Al repetir lo que en tu carta dices
(porque la repasé prolijamente,
y tus borradorcillos infelices),
¿Si estará el juicio de su calva ausente,
digo, si me le habrán maleficiado,
y tendrá una legión que le atormente?
Dices que de los ergos fastidiado,
sin remedio te metes a poeta
y los estudios has abondonado.
Y a modo de libranzas o receta,

de tu fecundidad prueba me envías
en una y otra sucia papeleta.
¡Lindos asuntos son de poesías,
sonoros versos, claros y discretos
los que llegaron a las manos mías!
Los villancicos vi, vi los sonetos
trilingües, serventesios, retrógrados,
de extravagante erudición repletos;
ovillejos con ecos duplicados,
acrósticos, chambergas, madrigales,
cúbicos laberintos intrincados.
Yo sé, Fabio, muy bien los cenagales,
las inmundas cisternas y cloacas
donde fuiste a beber especies tales.
De ajenos cofres tus adornos sacas,
copias este y el otro desatino,
y a tu invención felice los achacas.
Sigue por donde vas sin luz ni tino,
haz tus coplitas y desprecia ufano
la fácil vena de Nasón divino.
Porque el famoso Cisne Mantuano,
que al fiero son de trompa belicosa
cantó las armas y el varón troyano,
acción no celebró maravillosa,
ni sus obras son tales que no sea
poderlas superar factible cosa.
Fabio, tu aplicación mejor se emplea,
cosas espero de tu nueva musa,
que con admiración el mundo vea.

9a-c:

Pues si la docta imitación no excusa,
y el usado carril sigue constante,
se aumentará su habilidad infusa.

11b:

bellos...

11c:

obritas...

13c:

Y llamárasta Cloris o Fenisa.

15c:

Suceso que cualquier amante pasa.

16b:

Que en tu pecho inflamaron sus estrellas...

Entre tercetos 16 y 17:

Porque el incendio de sus luces bellas
el triste hicieron corazón cenizas,
y el alma yace sepultada en ellas.

17a-b:

Si su rara belleza solemnizas.
No olvides lazos, redes y prisiones...

18c:

gracias...

20a:

engélida...

20b:

las...

20c:

arrojaron...

21a-c:

Cuando sus ojos célicos alabes,
¡fatal empeño! apura en el asunto
cuantas locuras métricas ya sabes.

22c:

tú serás...

24b:

duplicados...

25c:

Tú, que mil tornos das enamorados.

26a:

forma...

27a:

Por celebrarla hará que desvaríes...

28a:

amable...

29b:

Citando a Horacio y al estagirita...

30a-c:

Que yo sabré con una y otra cita

responderle, y que vuelva arrepentido,
porque siguió carrera tan maldita.

32a:

Pero supón que fiera e inhumana...

32b:

redondillas...

33b:

Tres o cuatro...

34b:

dos...

34c:

Largas, obscuras, sin arreglo y frías.

35c:

¡O violencia de amor dura y secreta!

37c:

desdeñosa...

38c:

todos tus afanes...

39a-c:

Pero los sabios, que cual tú desean
probar su habilidad, no solamente
en un asunto su trabajo emplean.

40a:

tu...

41a:

vivir...

41c:

nuevo...

42c:

Del gran Chiflot los célebres licores.

44a:

sirve...

45c:

tus versos...

47a:

Cómo alegra el convite...

49a:

numeroso...

50b:

musa...

51a-c:

¿Temes? No hay que temer: la competencia

No te desmaye, y las profundas tazas,
Amigo, desocupa con frecuencia,

53a:

hacer...

54a:

serán...

54c:

O más duros serán...

55c:

Juzgues...

57c:

Verás que nadie su talento abona.

58a-c:

Chocarrero y bufón, si tú deseas
aplauso popular, debes hacerte;
verás que así nombre feliz grangeas.

Entre los tercetos 58 y 59:

La pluma correrá de aquesta suerte
con más facilidad, y sin fatiga
aquí y allí las necedades vierte.
Así aplaudido entre la turba amiga,
gente de cascabel y de botarga,
hará que el vulgo su dictamen siga.

59c:

verterás…

61a:

Luego esta colección de poesías…

62a:

inculto…

Entre los tercetos 62 y 63:

Todo lo venderás cual ello sea,
sin temer que en tus versos el tendero
empapele azafrán y alcaravea.
Con esta maña, Fabio, considero
que, de una en otra gente glorioso,
serás de nuestros sabios el primero.
Aquel, dirán, aquel es el gracioso
autor que celebró las mataduras
de un borrico decrépito y sarnoso.
De un pescuezo las gálicas honduras,
y a una inmensa nariz dio cantaleta,
citando las divinas escrituras.

(Nota de Moratín al último terceto: Algunos poetas han usado de textos y autoridades sagradas en obras jocosas y truhanescas; este abuso, justamente prohibido por las decisiones de la Iglesia, es entre todos el más intolerable.)

¡Por Dios, que he descubierto linda treta!
¡Feliz hallazgo, amigo, te confieso,
que me dan ganas ya de ser poeta!
Que escuchar alabanzas en exceso
anima los espíritus más fríos,
con esperanza de feliz suceso.
Y yo para escribir aún tengo bríos
a pesar de la nieve de mi frente
y de los fatigados años míos.
Mas oye mientras abrazar intente

este destino, y la apagada idea
con apolínea llama se caliente.

63-64:

Si tu librillo obscurecer desea
al venusino lírico famoso,
con quien un literato me marea,
No con dudosa planta, temeroso
sigas su estilo débil y rampante,
por más que te parezca sentencioso.

65a:

Canta con alto verso y elegante

65b:

chistes...

65c:

gloria...

72b:

ancillas...

76b:

Describirás...

76c:

ardores...

77a:

¡O, cómo gruñirás, censor adusto...

77c:

elección...

78b:

pequeña...

79a:

Vegetable...

79b:

verde...

80a-c:

Pero tú, que estudioso alumno mío
a despreciar a todos aprendiste
con aire magistral y con desvío...

81-85: La edición príncipe sólo tiene tres tercetos donde muestra la edición de París, 1825, los cinco tercetos 81-85. Es de los pocos casos en que Moratín aumenta la segunda versión al reformarla. [John Dowling]

No quedes, Fabio, receloso y triste
al escuchar las sátiras atroces,
cuyo tropel descomunal te embiste.
Haz lo que cierto amigo, que conoces,
que oyendo censurar su poesía
por todas partes con estruendo y voces,
Tranquilo se mantiene todavía,
imaginando que mejor poeta
ni tuvo, ni tendrá, la patria mía.

86b:

De nuestros Cides la admirable historia...

Entre tercetos 86 y 87:

> Tu heroico verso aumentará su gloria;
> del Ebro al Ganges volarán sus hechos,
> dignos de ilustre e inmortal memoria.

88b:

> al...

88c:

> En...

90b:

> grande...

92a:

> culto...

92c:

> Causa veneración...

93b:

> De doctas plumas admirablemente...

97c:

> Que te sufrió, con expresiones gratas...

98a:

> agrado...

99a-c:

Pero no juzgues, Fabio, que por eso
correrá sin censuras tu poema,
críticas llevará, zurra y proceso.

Entre los tercetos 99 y 100:

Decidirán con gravedad suprema
mil eruditos, siempre avinagrados,
contra tus obras por costumbre y tema.

101b:

locución...

102a:

vengarte...

102b:

confundidos...

105b:

inventar...

105c:

excelente...

106a:

Inmensa erudición, filosofía...

107a:

Referirás la universal historia...

112b:

mostrar...

116c:

Y al huésped que llevó festejar trata.

119c:

Que su nombre eternice glorioso.

120b-c:

Pues aunque en ningún modo convenía,
por ser cosa común y dislocada...

121a:

Consigues con tan rara fechoría...

122a:

hazañas...

124c:

que se van huyendo...

125c:

Atraviesan...

127c:

encantador...

128b:

Del sol se apaga entre las ondas frías...

129a-c:

> Siguen sus admirables correrías,
> y al huésped volador se hace patente
> cuanto de Europa, Oceano, desvías.

130a-c:

> Mas ya el piloto muda hacia el oriente
> el rumbo, y a los senos de la aurora
> los lleva el carro apresuradamente.

132a-b:

> ¡Cuál se enfurece el picarón, bergante,
> con estas invenciones prodigiosas!

Entre los tercetos 132 y 133:

> ¡Qué de improperios dice, qué de cosas!
> Maldiciendo al autor y a su poema
> con mil imprecaciones horrosas.

133b:

> gigantes...

133c:

> Y al libro en que lo halló deshace y quema.

137b:

> Por solo un chismecillo la destina...

138a-c: El terceto 138 sustituye 18 tercetos de la edición príncipe:

> Porque al punto sin freno desatina,
> como Basilio cuando hacer pensaba
> sonetos en idioma de la China.

Luego alzando la faz, safluda y brava,
vuelve feroz los ojos sanguinosos,
y empieza a blasfemar, y tarde acaba.
Dice: «¡Siglo feliz, tiempos dichosos,
cuando se vio la sacra poesía
seguida de varones estudiosos!
»Sabia naturaleza, tú su guía
fuiste, y del arte siempre acompañada,
tu unión útiles frutos producía.
»Mas la imaginación desordenada,
la falta de instrucción, la ambición suma
de obscurecer la antigüedad sagrada,
»hicieron que el más bárbaro presuma
de docto, y despreciadas las discretas
reglas, corrió sin límites la pluma.
»De aquí nacieron diferentes sectas,
e inundó las llanuras de Helicona.
El tropel espantoso de poetas.
»Cada cual aspirando a la corona,
faltándole principios y talento,
a nuevas invenciones se abandona.
»Uno, siguiendo el desgraciado intento,
usa bárbaras voces y latinas
que al idioma español une contento.
»Otro, eligiendo frases peregrinas,
florido estilo busca y relumbrante;
todo es humo si atento lo examinas.
»Otro, culto, frenético, ignorante,
metáforas hacina; otro menguado
sujeta la razón al consonante.
»Otro, en las reglas ya muy enterado,
falto de numen da composiciones
de estilo frigidísimo y pesado.
»Busca por todas partes ocasiones
de molestar al necio, al erudito,
con sus desatinadas invenciones.
»Al que una vez cogió, con alto grito
una tragicomedia le relata,
y un poema que tiene medio escrito.
»Si huyendo no se libra, le arrebata;

a su estudio fatal luego le lleva,
en donde nuevamente le maltrata,
»porque echando cerrojos y falleba,
veinte cantos repite fervoroso,
que el oyente de miedo los aprueba.
»En las comparaciones abundoso,
pródigo en epitetos, imitando
a algún autor que él tiene por famoso,
»al infeliz le está mortificando,
y cuarenta mil versos le recita,
que va sin dirección amontonando.

(Nota de Moratín al penúltimo verso: Hay poema que tiene cinco mil octavas; una longitud tan enorme no es el menor defecto en cualquiera obra.)

139a-c:

«¡Abundancia fatal, vena maldita!»
Dice mi criticón, «que impetuosa
cual violento raudal se precipita.

140a-b:

»El gusto y la razón la prodigiosa
fecundidad moderen, que sin esto

141c:

A la naturaleza, al arte opuesto...

l42a-c:

»Muestra cuanto corrompe el estragado
gusto, que ciego hacia el error inclina,
de la sabia elección abandonando.

143b:

despreció...

144b:

> Hinchado, crespo, figurado y culto...

Entre los tercetos 144 y 145:

> »Fue tratado de bárbaro e inculto
> el que la errada senda no seguía,
> y a los siglos quedó su nombre oculto.
> »Cada cual del acierto se desvía,
> desdeñando el coturno sofocleo
> y el ajustado zueco de Talía.
> »El vicio vil, abominable y feo
> vieron a la virtud ser preferido,
> y en el drama logró feliz empleo.

145a-c:

> »Desterrose el honor: el abatido
> vulgo vio retratadas sus acciones,
> y en ellas su carácter aplaudido.

146a-c:

> »Y en vez de corregirse las pasiones,
> en tono alegre y máscara festiva,
> con fábulas y honestas invenciones

147a-c: El terceto 147 sustituye siete tercetos de la edición príncipe:

> »El fuego ardiente del amor se aviva,
> la venganza cruel; el aparente
> pudor se premia y la maldad nociva.
> »¿Quién allí formará debidamente
> de la santa virtud sólida idea
> si el drama que escuchó se la desmiente?
> »¿Y que yo he de callar? ¿Quieren que vea
> tantos yerros y tanto desatino?
> No, no ha de ser; mi voz no lisonjea.

»¿Yo he de dar alabanzas a Rufino,
que compuso los dramas a docenas,
porque para medrar así convino?
»¿No me podré burlar de sus escenas?
¿Las celebraré yo? ¿Pero qué importa?
Si dice la razón que no son buenas.
»Ello ha de ser; mi condición me exhorta
a no sufrir jamás al ignorante,
ni las composiciones que él aborta.
»Y aunque el horrendo titulón se espante,
sus comedias son todas desaciertos,
como sueños de enfermo delirante.

148b:

Haciendo el foro...

148c:

capitán...

149a:

cubierta del acero...

151a:

Descocadas...

152b:

De avivar la pasión más delincuente...

154a:

de...

155b:

y...

156a:

>>Todo es jactancia y necia valentía...

158a-c: El terceto 158 sustituye dos tercetos en la edición príncipe:

>>¿Mas quién podrá sufrir sobre la escena
tal desarreglo, tal descompostura,
y tanta impropiedad de que está llena?
>>Es una historia cada acción y dura
años, siglos, y Celio el ignorante
celebra tan graciosa travesura.

159a-c:

>>Ya se aparece una ciudad distante,
suena un silbido, y se descubre al punto
el retrete de un sabio nigromante.

160a:

>>Luego se muestra amontonado y junto...

160c:

Dublín y las murallas de Sagunto.

161c:

seno...

162a-c:

>>Las llamas, el horror de las cadenas,
El triste son del mísero lamento,
En las estancias de dolores llenas.

164a-c: El terceto 164 sustituye 11 tercetos de la edición príncipe:

Ya te miro reír a carcajadas,
y yo también quiero burlarme un rato
al escuchar tan fueras patochadas.
¿Qué te han hecho, perverso literato,
qué te han hecho, malsín, tales bellezas,
que a sus autores das indigno trato?
¿En lo más perfectísimo tropiezas?
Pues di, bellaco, ¿cuántas has notado
no son perfectas y acabadas piezas?
¿Aquello de salir sobre el tablado
el mismo Lucifer, no es linda cosa?
Y más sí algún caimán le ha vomitado,
Que en lenguaje de obscura quisicosa
Habla al mundo, a la culpa, a la malicia,
Y habla tal vez con una mariposa.

(Nota de Moratín al último terceto: La abeja hace el primer papel en
uno de nuestros autos sacramentales.)

¿Es poco ver salir a la Justicia
con su balanza, y llena de jirones
la pobreza con cara de tiricia?
¿Es poco aquellas luengas relaciones,
de verso rimbombante y ampuloso,
lleno de mil remotas alusiones?
El rudo vulgo admira silencioso
tan lindo estilo, y aunque no lo entiende,
elegante lo llama y misterioso.
Tampoco algún pedante, que pretende
a Píndaro tratar y al grande Homero,
ni vocablo en sus obras comprende.
Y no obstante le veis ceñudo y fiero
motejar sus aciertos de simplezas,
sin que nadie le trate de embustero.
Pero tú, Fabio, que a pisar empiezas
la falda al Pindo, si a agradar aspiras,
evitando preceptos y asperezas...

165a:

Los...

165b:

Sabios autores, te serán modelo...

Entre los tercetos 165 y 166:

Llena de sus primores el cerbelo,
sobre los libros te ha de hallar la aurora,
que algo resultará de este desvelo.
Porque tu pluma, fiel imitadora,
ha de copiar cuanto los otros digan,
como un autor novel que me enamora.
Tus dramas he de hacer que así consigan
fama, a pesar de cuatro mentecatos
que en ser originales se fatigan.

166a:

Más he de hacer: los deliciosos ratos...

167a-c:

Pues aunque la opinión vulgar no ignoro,
de que Febo corona los poetas
de lauro, pero no de perlas y oro...

168a-c:

Tus obras más disformes e imperfectas
llenarán de amarillos patacones
tus desollados cofres y gavetas.

169b:

Hemos de despachar...

170b:

regla...

171a:

Y así, pues elegiste tal destino...

171c:

Hacinando uno y otro desatino.

172b:

Concluye...

174c:

A cantar cuatro versos enfadosos.

177b:

horrendas carcajadas...

180b:

Allí una vieja se convierta en rana...

182c: Nota de Moratín en la edición príncipe: La pasión del amor, manejada en los dramas sin inteligencia, hace ridículos a los héroes. Si el amor, cuando fuere preciso, no es terrible, funesto, y verdaderamente trágico (como en el Hipólito de Eurípides o en la Fedra de Racine) será un amor de comedia o elegía.

183b:

Es ver llorar...

183c:

Al fiero Muza o a Tarif robusto...

184b:

y tercetos...

184c:

Mi bien, mi dulce amor, encanto mío.

186a:

gozo...

187a:

escojas...

189a:

Y aquello que Prudencio te decía...

190c:

necio e ingrato...

193c:

que se le previno...

194a:

fanático...

197b:

noramala...

198a-c: El terceto 198 sustituye seis tercetos de la edición príncipe:

Váyase, digo, que a la pompa y gala,
y a la graciosidad de que están llenas

nuestras comedias, su saber no iguala.
Marco, el actor, publica que son buenas,
y que lo pueden ser de cualquier modo,
sin guardar unidades ni decenas.
Luego te dije la verdad en todo;
luego debes al punto disponerte,
y meter en la masa mano y codo.
Fabio, sigue adelante, que la suerte
tal vez apadrinó los desatinos,
y benigna querrá favorecerte.
A la vista te puse los caminos,
por donde celestial serás un día,
y los ejemplos te mostré divinos.
Ya ves que desprecié la cobardía
de preceptistas, que presumen tanto
saber la verdadera poesía.

199a-c:

Yo di los tonos a tu dulce canto;
eras un animal, ya eres poeta.
Tal es de mis razones el encanto.

201b-c:

Donde más altamente es adorado
el hijo rubicundo de Latona.

Entre el terceto 201 y el cuarteto final, la edición príncipe tiene seis
tercetos:

Claudio, laberintista celebrado,
y el inventor de follas Aquilino,
por la senda que vas han caminado.
Y todo lo demás es desatino,
a pesar de un pedante fastidioso,
que a Petrarca inmortal llama y divino.
Sigue, yo te dirijo, y estudioso
mi inimitable erudición respeta,
que por ella serás siempre famoso.

Pues aunque yo por aversión secreta
jamás pude cazar un consonante,
ni supe rematar una cuarteta,
no importa, no, para que yo levante
la voz y ejerza magistral empleo
sobre todo coplero principiante,
que ya miro en el monte pegaseo
las nueve doncellitas holgazanas
darte coronas del laurel febeo.

202a:

de...

202b:

Logres tan alto premio...